やませ地帯

井川 仁　Igawa Jin

文芸社

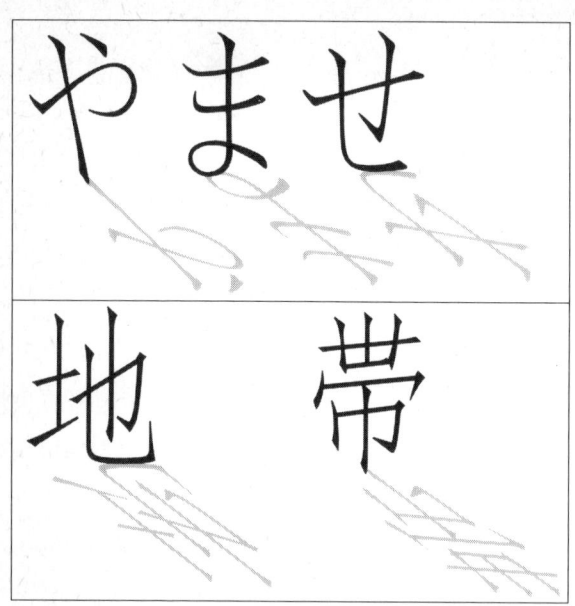

目次

やませ地帯

一、からっぽの病み

昭和四十四年四月十二日、弘前大学から三沢市へ割愛願を受けて赴任してきた。天気晴朗なれど波高しの喩えのごとく、風が骨身に沁みる東風の強い日であった。

病院の駐車場に車を停めて、ゆっくりと玄関に入ると数人の患者と思われる人がいるだけで閑散として、はやっていない病院であるのは明らかであった。

受付には、いかにも間がぬけて、しまりのない、能面のように無表情の中年の女性らしき人が座っていた。

「大学から、赴任してきた井川ですが」と切り出したのに、私の声に反応していないというよりは意味が理解出来ない様子で、焦点も定まらないぼんやりと澱んだ目で怪訝そうに私を見ていた。

受付のカウンターの奥には、三～四人の男と顔だちは整った感じだが両頬に妙に不釣り合いな肝斑が刺青のように貼り付いている女性が一人いたが、おしゃべりに夢中なのか、仕事の話なのか、私の声が聞こえなかったようなので、少しむかつきながら、その女性の頭越しに大きな声で「大学から来ました」と叫んだ。

男の一人が気づいて小走りにカウンターの外に出てきて愛想笑いを浮かべ、揉み手をしながら「お待ちしてました。総務課長の信田です」と自己紹介をした。

しかし、大学を出る時は大歓迎をされるはずだと信じて疑わなかっただけに、少し拍子抜けしたのは、所謂人買いに、院長、副院長、事務局長が教授を訪問した時に「優れた内科医がいないため、この一年間は外科への手術のための紹介患者はゼロなので、ぜひ優秀な内科医を派遣してください」と請い願われてきたはずだからである。

「自家用車で来たんですか？　お疲れでしょう。今日は借り上げ住宅を用意してありますので、そちらで休んでください。ご覧のように暇なようですので」と、手なれた調子で言った。

「いや、医局へ案内してくれますか？　診療は明日からやるにしても設備を少し見てみたいので」と言うと「今は誰も出てきていないと思いますが」とのこと。

最初から肩透しを食ったような、はやる気持ちに冷水をかけられたような、やる気のない院内の雰囲気に腹を立てながら一言もしゃべらず医局に向かって歩いていた。

医局は一階の西に位置していた。扉を開けると、驚いたことに二十畳程の広さの部屋の中心に、やや大きな食卓様のテーブルが置かれているだけで図書も書籍を置く机もなかった。

　部屋の隅にはガスコンロと薬缶と魔法瓶だけが新品で存在感を誇示していた。

「机も椅子もないんですか？」と呆れて聞くと、信田は頭を掻きながら「必要でしょうか。今までの先生方は、ここでは本を読まれないで、外来のほうでやってるようですが……」と答えながらお茶をいれた。

　その窓から見える風景は、明るく輝く太陽の光に舞い上がる黄砂のような砂塵が東風に弄ばれるように踊っていてその姿が私の身体に吹き込んでくるようで、私は言いようのない寂しさを感じていた。

　そして、ここに私を派遣した松田教授を一瞬恨んでいた。

　十一時を過ぎた頃、白いルパシカに白いズボンをはき、浅黒い顔に黒縁の眼鏡をかけた目鼻だちのはっきりした医師が入ってきて、私を見て少し驚いたような顔をした。

信田課長は茶をすするのを止めて、「高田先生。今日赴任してきた井川先生です」と紹介した。

「先生の車ですか、あのニュー・コロナは?」と私よりは車のほうに興味があるように話しかけてきた。

「あれはボロナですよ。三万キロも乗ってますから」と抑揚もなく答えると
「やあ、ごめん、ごめん、婦人科の高田です。車が好きで、私はスカイラインに乗ってますけど、コロナはいいですよ」と羨ましそうに言った。

「課長、先生の歓迎会はどうなってるの?」と彼が尋ねると、「特に準備していなかったので、今日は吉栄さんから、何かツマミでもとって、日を改めてと思ってました」と答えた。

こんな所に長居は無用と思わせるに十分な第一印象であった。そのためには良い診療をして、ケース・レポートを沢山書き、大学に早く戻してもらうように努力するしか道はないと焦る気持ちが強かった。

昼ごろになって院長、副院長、外科医長、整形外科、眼科、耳鼻科の医師が三三五五集まってきて、にぎわってきたが殆どの医師は大学で顔見知りだったので、簡単に挨拶をした。

院長の須田は「井川先生の歓迎会は、今日は疲れているだろうから、医局で軽くやり、日を改めて正式にやるべっちゃ」と仙台訛りでみんなに同意を求めた。

井川は慇懃に「院長先生、大変ありがたいのですが、午後はレントゲン、内視鏡、検査室を見て足りない機械があったら買いたいと思いますが、いいでしょうか」と聞くと「あまり高額なものは、今年度の起債は済んでしまったっちゃ。一〇〇万か、二〇〇万のものなら市長にしゃべればなんとかなるっちゃ」と了解を得た。

早々に食事を済ませて、課長とレントゲン室へ行った。そこで技師に胃透視撮影に必要なバリウムの濃度や発泡剤を飲ませるタイミングや撮影条件について説明していると、看護婦達も集まってきた。

見知らぬ奇妙な男が偉そうに能書きをたれているように彼らの目に映ったのか、どの目にも尊敬や温かさがなく異邦人でも見るような不審な眼差しを全身に感じて、極めて不愉快だった。

レントゲン室をあとにして、検査室に行った。

そこには戸田と工藤という二人の検査技師と、試験管を洗ったり雑用をやる二人の娘がいた。

比較的広い室内に検査機器が疎らで驚いた。

私が部屋に入って行くと、全員笑顔で食事を止めて立ち上がった。

「今度、こちらでお世話になる井川です」と自己紹介をすると、「先生が赴任するのを、お待ちしてました」と戸田が私と旧知でもあるかのように、優しいハンサムな顔に笑みをたたえて答えた。

私はホッとして「それにしても、ずいぶん機械のない検査室だなあ、内科は検査が充実してないと、良い診断も治療も出来ないよ」と本音をもらしながら二人の技師を見ると「検体がほとんどないものですから」とすまなそうに答え、「少ないものねえ」と工藤も相づちをうった。

「課長、これでは診療は出来ないよ。早急に現在行われている血清検査を常識的にクリア出来る機械を揃えてくれ。大学の医局で院長と約束した時は、私が必要とする機器は揃えるということだったから」と振り返って、きつい調子で言うと、その剣幕に恐れをなしたのか、「わあ……、わかりました」と鸚鵡返しに答えた。

検査室を出て外来の診察室に向かうと、戸田が小走りに追い掛けてきて「先生、ありがとうございました。外科医長の緒方先生から、腕の立つ内科の先生が赴任するからお前達も忙しくなるぞと言われ、はりきってました。忙しいのは、なんぼ忙しくてもへこたれませんから。野球で身体だけは鍛えましたので」と南部訛りで話した。

私もつられて現代医学と臨床検査の関連の深さについて、特に精度管理の必要性について彼に話し、初めて味方を得たような気分になり外来に行った。

翌日より、勇んで出勤したが、十時には仕事がなくなってしまう程外来は暇で、外の〝やませ〟が吹き上げる砂塵が身体の中を空虚にしているようであった。

しかし、院内には焦る雰囲気もなく、職員達は動きが鈍く腹立たしいばかりだったし、事務局長としては赤字が増えなければいいという考えで、毎年市の一般会計より貰う金は織り込み済みであった。

そのうちに、大学よりネーベンとして河上君も赴任してきた。彼には病棟の患者を診てもらうことにしていた。ここには十人足らずの患者しかおらず、しかも慢性疾患で症状もなく変化もなく健康人と変わらない人々だった。

私はどうしても、稀有な症例が欲しかったし、医者としての腕を振るいた

郵便はがき

恐縮ですが
切手を貼っ
てお出しく
ださい

1600022

東京都新宿区
新宿 1－10－1

（株） 文芸社

ご愛読者カード係行

書　名					
お買上 書店名	都道 府県　　　市区 郡　　　　　書店				
ふりがな お名前				明治 大正 昭和　　年生　　歳	
ふりがな ご住所	□□□-□□□□				性別 男・女
お電話 番　号	（書籍ご注文の際に必要です）	ご職業			
お買い求めの動機 1. 書店店頭で見て　2. 小社の目録を見て　3. 人にすすめられて 4. 新聞広告、雑誌記事、書評を見て（新聞、雑誌名　　　　）					
上の質問に 1. と答えられた方の直接的な動機 1. タイトル　2. 著者　3. 目次　4. カバーデザイン　5. 帯　6. その他（　　　）					
ご購読新聞　　　　新聞		ご購読雑誌			

文芸社の本をお買い求めいただき誠にありがとうございます。この愛読者カードは今後の小社出版の企画およびイベント等の資料として役立たせていただきます。

本書についてのご意見、ご感想をお聞かせください。

① 内容について

② カバー、タイトルについて

今後、とりあげてほしいテーマを掲げてください。

最近読んでおもしろかった本と、その理由をお聞かせください。

ご自分の研究成果やお考えを出版してみたいというお気持ちはありますか。

ある　　ない　　内容・テーマ（　　　　　　　　　　　　）

「ある」場合、小社から出版のご案内を希望されますか。

する　　しない

ご協力ありがとうございました。

〈ブックサービスのご案内〉

小社では、書籍の直接販売を料金着払いの宅急便サービスにて承っております。ご購入希望がございましたら下の欄に書名と冊数をお書きの上ご返送ください。（送料１回380円）

ご注文書名	冊数	ご注文書名	冊数
	冊		冊
	冊		冊

かったので、病院に泊まり込むことにして、どんな患者でも、何時でも診察をするからと事務員を教育した。

しかし、夜は症例の宝の山だった。

週に一人は服毒自殺の患者が運び込まれ、胃洗浄をやる時は私と当直の看護婦では人手が足りず、事務員に洗浄用の微温湯を運ばせると喜んで手伝い、患者の容態が安定してから飲むビールは格別であった。

それらの患者の中でも山本フジコは三度も服毒自殺を試みた。彼女は右の太ももの内側に彫った手掌大の紅を基調とした薔薇の刺青の一部に陰毛がかかっているのが自慢で、「マイ・ハーニイは、ここにキスするのが好きだった」と意識が戻ると泣くのが常だった。

オンリーと称する女達がこの街には溢れていたが、総じて根は純情で子供のような心の持ち主であった。

しかし、確実に二種類のグループに分類出来た。

それは、白人を相手にする女と黒人を相手にする女であるが、両方を相手にする女は間違ってもいなかった。

それを分けているのは男達で、香水の匂いが両者で全く異なるためで、フジコの愛した最初の男は白人の将校だったが朝鮮動乱で戦死してしまい、収入のなくなった時に彼の戦友の混血の将校に抱かれてから、白人も黒人からも相手にされず豚呼ばわりされて人生に失望し自殺を繰り返し、三度目には帰らぬ人となった。

霊安室には白内障のためほとんど失明している小柄な老人が「フジコ。ありがとう、ありがとう」と呟いている姿が私には痛ましく見えた。

そんな感傷に浸る暇もなく、夜は急患のオンパレードで、越後川綾子なる極めて上品な目鼻だちで優雅な立ち振舞の女性が、映画にでも出てくるような真赤なナイト・ガウンの裾から白い美しい脛というより太ももの付け根まで露出させ、七転八倒の腹痛を訴えて来院した。

側には、グレゴリー・ペックを思わせるハンサムな男と五歳ぐらいのアメリカ人の少年が心配そうに付き添っていた。

一見して胆嚢結石の発作であることはわかったが、既に黄疸も現れており細胆管性肝炎の合併も明らかであった。

ただちに入院を勧めると、患者は「これは胃痙攣ですから、痛み止めをうってください」と命令口調で言った。

鎮痛薬の注射が効いてきた時に胆嚢、胆管結石と腹痛、黄疸の関連について説明し、検査の必要性について説明したが、患者は今までも何度も食べ物によって、特に天麩羅を食べると胃痙攣を起こすけど、注射で良くなっているると主張し、さらに「ダーリン、プリーズ・ヒア」と言って外来のベッドに寝ながら手を握り合い、上手いキスをした。

私はその外人に向かい、冷や汗をかきながら、英語での初めての会話で、通ずるかどうかびくびくしながら「アー・ユウ・ハズバンド」と聞くと「イエス・シュウア」と答えたので彼女に話した内容をつたない英語で話すと、彼も黄疸には気づいていて私の提案を受け入れただちに入院した。

そして、抗生物質と利胆剤の投与を行い、黄疸が消失した第七入院病日に点滴法による胆嚢造影を施行した。

X線写真のフィルムを見て私は我が目を疑った。綺麗な洋梨状の胆嚢の中に空間を認めず石が詰まっていた。

検査前にクールボアジエ徴候を認めた時は膵頭部癌を疑っていたが、これだけ石によって満たされていれば腹壁上から胆嚢が触れることを初めて経験した。

彼女は日本人であり、正式な妻でもなく、日本流にいえば妾とか二号なので、手術の保証人にシンプソン少佐は適当でないと事務の職員が言ってきた。

私は緒方と相談し「今手術をしなければエンドトキシン・ショックで命が危ない。その時は事務局長が責任をとるの？　人命を軽んずれば日米問題に発展するよ。それとも緒方先生、米軍病院に紹介しますか？」と彼等の前で困惑して話すと、「ベースの病院は野戦病院みたいなもので、ほとんどＧＰでオペ出来るサージャンはいないよ」と先輩面して言った。

「信田課長、あの伯爵夫人のような、上品な越後川さんは保険証は持ってないの？　親兄弟の居場所ぐらいわかるでしょう？」

「先生、この街で生きてる女は、どこから来たのかを絶対言わないし、聞くことはタブーですよ。苗字だって本当かどうかわかりませんよ」としたり顔で課長は答え「人命に関わることですから、書類上のことは何とでもなりますから手術をしてください」と了解した。

血清検査、腎臓機能、他の臓器の異常もなくなり、特に肝臓機能の回復を待って第十四入院病日に手術が行われた。

緒方外科医長の手捌きは見事で胆嚢胆管を結紮し、胆嚢全摘出をしＴ－ドレインを留置し腹壁の縫合まで一時間足らずで終了し、摘出した胆嚢を切開して立ち会った全ての人が驚きの奇声を発した。

洋梨様の胆嚢から出てきたのは八ミリくらいの粒の揃った乳白色のコレステリン結石であった。

そして、サプライの看護婦が手分けして数えると四百八十五個もあった。私も外科医も数の多さに驚くと同時に、青森県では報告例の少ない都会型胆石が、この新興の街で見つかったことに興味が湧いてきた。

当時、胆嚢結石は都会型と田舎型という分類をする学者もいて、それは石を形成する成分によって分けられ、都会型は主にコレステリンよりなり、田舎型はビリルビンという色素成分からなっており、食生活に起因していることは明白で、動物の肉を食べる習慣のない日本人の中でも乏しい青森県民には侮辱的でも都会型胆石は少なかった。

しかし、胆嚢結石の患者はほとんど毎週見つかり、外科に手術に送ると、都会型胆石であった。

この街の特殊性について、特に食生活についてわかってきたのはアメリカ空軍の軍事基地を中心に戦後発展し、駐留軍のために働く基地従業員と称する日本人労働者が二千七百人ぐらいいて、彼等は当然のことながら米軍将兵と同じような食生活をしているということである。さらにアメリカ兵に群がるハニーと称する女はどのぐらいいるのか見当もつかないが、食生活の面では欧米並以上であった。私にとってはカルチャー・ショックであった。

そして、街の商人達は一ドルが三百六十円であることに便乗して、まさにアメリカ軍のパラサイトとして、すぐ壊れそうな屛風、扇子、日本人形、刀剣もどき、武具甲冑もどきを売り、インド人、中国人はゲート前に店を連ねて洋服を商い、お針っこは将校の家庭に専属で住み込み、まだ敗戦の悲惨な食糧事情を含めて、記憶の薄らがない私にとって日本ではない異国に赴任してきたような気持ちであった。

そして、やませが身に沁み、関節が痛む、田植えが始まった頃に整形外科より一人の患者が紹介された。

本橋智子という小柄ではあるが、外見的にはがっしりして、いかにも農婦という感じで色浅黒く病気などないように見えた。

紹介状には軽度の高血圧があるため、その管理を宜しくと書いてあった。

初診の時の病歴について聞いていて、不思議に思った。三十歳なのに高血圧の病歴は七年に及び、さらに毎年農繁期になると手、足が動かなくなり、入院を繰り返しているとのことだった。しかも、今までに野辺地町の公立病院や青森公立病院や八戸労災病院に入院して検査を受けたが、精神的なものといわれて血圧を下げる薬だけもらっていたとのことであった。

今回も農繁期に入り、仕事が忙しくなって、間もなくして手、足が動かなくなり整形外科に運ばれ、次の日には歩けるようになり、明日退院する前に内科に紹介されたと純朴な顔に不満を湛えて答えた。

型通り瞼結膜から、瞳孔の左右不同はないか、対光反射は敏捷か、頸部のリンパ腺の腫張はないか、心音は純か不純か、整か不整か、呼吸音はラ音が聴こえないか、腹部は肝臓、脾臓、腎臓は触れないか、また何か腫瘍が触れないか、上肢、下肢に病的腱反射がないか、特に反射の亢進、消失はないか、運動失調はないか、平衡感覚は正常か、聴力、視力は正常か等、ルーチンに調べたが軽度の高血圧：一五四－九〇㎜Hg以外に所見はなかった。

一応尿検査一般に加えてＶＭＡ（バニール・マンデリック・アシッドの略でアドレナリンの代謝産物であるが）も測定した。

血清検査ではカリウムの低下が著明で二・五mEq／Ｌであった。

少なくとも臨床的には中枢性、末梢性の麻痺を来すような神経性の疾患や筋肉の異常や萎縮を認めず、周期性四肢麻痺が疑われた。

しかし、甲状腺機能亢進症を思わせるような顔貌でなく、むしろ無表情で、長年の家庭を含めて周囲からの非難や虐待に弁明の術もなく、人生を捨てた世捨て人のごとく鬱状態に近く、私の質問にも、まともに答えずにすぐに泣きだす状態であった。

私は低カリウム血症、高血圧、周期性四肢麻痺の繰り返しから、大学院時代に松田教授から教えられた原発性アルドステロン症ではないかと疑いをもった。

これは極めて稀有な疾患で、青森県では三例の報告しかなく、その一例は癌腫の疑いもあり、厳密には良性疾患である当疾患から除外されるべきであった。

さて、どうしてコン氏病と診断するかが、当時は大変難問であった。

高血圧症に低カリウム血症が合併していれば、一応はコン氏病を疑うが、副腎皮質の腫瘍を証明するのが大変で、地方の市立病院クラスの設備では後腹膜気体法とか後腹膜腔送気法とかいわれる検査法で診断しなければならなかった。

患者は私の説明に不信感が強く、酸素ガスを後腹膜腔に入れることになかなか同意しなかった。特に以前施行した症例の写真もなく、今までの経過でどの医師も副腎と高血圧の関連について話していないため、説得に苦労したが誠意が通じて検査を受けることを了解した。

失敗は許されず、緊張して検査した。

酸素ガスを挿入してから、暗室で透視をして腎臓を確認して撮影した。

現像されたフィルムを見て、思わず叫んでしまった。「あった、あった」。

フィルムにはそらまめに似た腎臓の上に三日月が乗ったように左の副腎が描き出されていた。その像の美しさは、私には極めていとおしく、初めて出会った絶世の美女のようであった。この患者さんにとって、魔女のごとく忌み嫌っていたものが、こんなに美しいものであったことに感動さえ感じた。

この美女を取り出すための手術が始まった。

極めて珍しい稀有な症例の手術のため、大学から大村清太教授が来院し、手術前は極めて上機嫌でコン氏病の手術経験を誇らしげに話した。

そして、手術が始まった。私は手術台の側に立ち経過を観ていたが、段々重苦しい空気が流れはじめた。

「おかしいなあ、ないようだなあ」という教授の独り言が静まりかえったザールにこだました。

私の額には冷や汗が流れはじめた。あの美しい美人は何だったのか？　幻像だというのか？　もし、そうだとしたら、とんでもない誤診をしたことになる。全ての責任は私にあるとして、あの純朴な農婦や無知な姑に、説明出来るだろうか？

出来ることなら、開腹されている空間に直接手を入れて探したい衝動にかられた。

手術室の中は、私の誤診を暗に非難するかのように、人々の目は冷たく私に向けられていたが、教授が「もう一度、写真を見せて」と振り向いてシャウカステンに掛けられた写真を見て「井川君、もう一度探してみるけど、それでなかったら、閉じるよ」と術前の笑顔とは違って、冷たい無表情の横顔のまま呟いた。

その時、私の身体の中をやませのような風が吹き抜けていった。

私は直立不動で頷くしかなかった。

その時である、副手として手術に参加していた緒方外科医長が「教授、これは何でしょうか」と自分の指先の方に手を誘導した。もちろん、見えない部位のため、教授も手を入れてしばらく触診しているようであった。

「井川君、あったよ」と笑顔で振り返り、「よく見つけたね、こんな小さな腫瘍を」とホッと息を吸った。

取り出した腫瘍は、大きさが二・二×一・九×一・五センチメートルで重さは二・八グラムで割面は黄色であった。

〝やませ〟は木崎野の地に初夏には低温と冷害をもたらし、初冬には晴天と暖冬をもたらすことが、この地方の人々の複雑な精神構造を生み出しているようであった。

ある意味では、自然の厳しさから学んだ悲観哲学のようであるが、根底には決してくじけない、したたかな生命力を秘めた人間性を兼ね備えていた。

患者の姑は「先生、嫁の腹中をかましたから、子供は出来ないべ」と非難するように言った。

まるで子供のように、はしゃいで得意になっている私に、なんの感謝の意志表示もなく冷たく、その言葉は響いた。

そして翌年の田植えには太平洋より吹き抜ける〝やませ〟の中で黙々と誇らしげに働く健康を回復した農婦は、あくまでも忍耐強く、たくましく、そして美しく輝いていた。

二、二升瓶と女

やませの冷たく吹き付ける初夏だった。

いつものように外来の診察室に座ると、最初の患者さんが入って来た。

「どうしました？」という私の問いに、何から話しはじめようかと戸惑っている中年の女性が目に映った。

「一番困っていることは、何ですか？」と再び聞くと「小便が多くて、のどがすごく渇くんです」と恥ずかしそうに、特徴のある大きな目を伏せるようにして訴えた。

患者は柿の木クリという四十四歳の女性だった。

付き添いとしてついて来た娘が、途中から口を挟んで「一日に一升瓶で十本ぐらい、水を飲みますので、どこにも出かけられない」と母を心配して訴えた。

外来で型通りの診察をしてから、多尿と口渇の原因について精査をする目的で入院した。

入院精査が始まって、五年前に乳癌の手術を八戸の病院で受け、その後順調であったが、半年前より口渇と多尿に気づいたこと、青森の公立病院に診察を受けに行った時、一升瓶二本に水を詰めて行ったが、野辺地に着いた時は二本とも空になり、停車中に急いで水を詰めるのに家族が苦労したこと等も参考に検査をすすめた。

入院させて、まず驚いたのは尿量の多さと、その比重の低さである。蓄尿といって二十四時間の尿をためる検査があるが、健康な成人では一日量は約一五〇〇ccであるが、この患者は一〇〇〇〇ccを超える量で、しかも比重が極めて水に近く一・〇〇五ぐらいであった。

臨床的には貧血は軽度で、肝臓の機能は正常で、腎臓機能も異常がなく、電解質も特に高カリウム血症は認めなかった。

脳下垂体の機能をみるためのソーン・テストも異常がなく、頭部X線写真でも脳下垂体がおさめられているトルコ鞍も破壊や変形がなく、その部の疾患は証明出来ないまま、日本語では尿崩症と訳されているdiabetes insipidusと診断した。

diabetesとは尿が多い病気という意味で、糖尿病はdiabetes mellitusという。尿崩症は極めて稀な疾患で脳下垂体後葉から抗利尿ホルモンのバソプレッシンの分泌が減少することによって起こると考えられている。

入院するや否や、クリさんは「先生、どうせ治らないでしょう」と探るようような目つきで言った。

井川は初めての症例だったので、返答に窮して、正直に疾患の病態について解剖学、病理学的知見と教科書に書かれている治療法について説明したが、予後については判らないと話さざるを得なかった。

「小便が少なくなれば、いいよ、母さん」と娘は心から、症状の改善を願って呟いた。

「家でも、病室でもジャーに水を入れても、すぐなくなるし、冷たい水でないと怒るし、面倒なんだから」と、今までの闘病に同志としてやってきた苦労を、しぼりだすように言った。

大学病院でも治療した経験もないし、臨床講義でも聴いたこともなく教科書で見ただけなので、タンニン酸ピトレッシンという薬剤の注射が効果がありそうだと話すのが精一杯であった。

そして、治療が始まった。治療して一週間後、尿量は一日六〇〇〇ccまで減少し患者の顔に明るさが戻り、苦虫を嚙み潰したような顔が緩んでいくのが、回診の度に感じられのが嬉しかったが、ベッドの側には依然として冷たい水道水を満たした一升瓶が置かれていた。

「夜中に起きる回数が減ったから嬉しいよ。先生は神様みたいだよ」と最初の頃の不信感に満ちた顔つきとは違って心から嬉しそうだった。

しかし、薬剤の効果は、これ以上は期待出来なかった。尿量は一〇〇〇ccは超えることはなかったが七〇〇から八〇〇ccの間を動揺した。

回診に病室を訪れるのが、毎日苦痛になって、出来ることなら柿の木さんの病室をパスしたい心境になっていたが、日毎に彼女はマリア様のように顔貌だけでなく、心やさしい聖女になっていくようであった。

そして、ある冷たい〝やませ〟が吹いた初夏の日に彼女の半生について語り始めた。

「先生、私ね、昔マリアといわれてたの」

「私ね、北海道のニシン場で生まれたの。終戦の翌年はニシンが大漁で、みんな戦争も終わって、親戚も復員してくるし幸せだったけど、ニシンは年々捕れなくなって、食べ物もなくなって、中学校出ても働く所もなくて、長女だし、口減らしのために家を出なければならなかった」

実家は小さな寺で妹や弟がそれぞれ三人ずついたが、ニシンが捕れなくなってから檀家からの寄進も少なくなったこと等を話した。

そんな時の彼女は少女のごとく愛らしく、目はキラキラと輝き病人のそれではなかった。

「ちょっと、待って」と言って、傍らの一升瓶に口をつけて、一気に五合ぐらい水を飲むのが常でその度に話は中断した。

私は多忙な中にも、彼女の話を聴くのが、病気を治せない医者の懺悔と思い出来るだけ耳を傾けた。

「先生、私ね、十七の時に駆け落ちして三沢に来たの。その男は、この娘の親だよ」とあどけない少女のように、はにかんで話した。

「冬の日本海の荒波に追われるようにして江差を出て、夜中の連絡船のドラの音を聞いた時は、親に申し訳なく、涙がポロポロ出て止まらなかった」と話しながら、しばし天井を見ながら「その時、三沢まで一度もおしっこ出なかった」と天真爛漫にケタケタとかん高く笑った。

十五分も話をすると、疲れが出て眼の焦点があわなくなり、眠気が襲うようであったので、「また、明日ね」と言って病室を出ようとすると、子供のように「大丈夫だってば」と必ず駄々をこねた。

「先生、三沢に着いた時、すごくびっくりしたよ。駅からネオンの明かりがピカピカ見えて、肉の臭いがしていたよ。絶対魚の臭いでなかったもんね。嬉しかったあ」

なんだか、私までもが幸せになるような豊かな、嬉しそうな顔つきに見とれたが、それはまさに少女のそれで、無垢というのに相応しいものであった。

「先生、おしっこの量が二〇〇〇ccも少なくなって来ているから、また働けるかもしれないね。そしたら、先生、ただでスコッチ飲ませるね。シーバスの三十年ものだよ、サージャンじゃ飲めないよ。カノークラスだよ。うちの店は狭いけど、アットホームだよ。ブランデイが好きなら、ヘネシーがいいよ。レミーが好きな人もいるけどね」

とすっかり商売熱心なママ面になって、儲かった良き時代の思い出に浸りながら、社会復帰を意欲十分に語り、体調の良い時は明日にも退院出来そうに、はしゃいだ。

珍しく、雷が荒れ狂った晩秋の夜に、彼女は激しい頭痛に襲われて呼び出された。血圧も正常で、項部強直もなく、瞳孔の左右不同もなく、対光反射も敏捷で、特に所見はなかった。

鎮痛剤の投与で症状は間もなく治まったが、「先生、淋しいよ、本当に死ぬのかなあ」と言って涙をポロポロ流しながら、大声で泣いた。

秋が深まるにつれて、彼女の病状は進行し悪液質が明らかに認められて皮膚は薄く、妙に光沢を帯びてきたのが印象的であった。

頬は痩けていたが、眼窩の底の大きな眼は日本人ばなれした容貌を演出し、マリアと呼ばれたことが不思議ではないと思わせた。

「先生、私がマリアと呼ばれたのはね」と言ってから、ちょっと休んで、五合ぐらい水を一気に飲んで、「水は水道の水が一番うまいね。特に三沢の水道の水が一番だよ。冷たい水がいいけど、冷たすぎても旨くないよ」と体験的水学を語りながら、大きな目から透明な涙を流し「食べるのに困って、身体を売ったの。最初はつらかったけど、中学の音楽の先生に習ったアヴェ・マリアを歌ったら心が静かになったの。私がこんな歌知ってるのおかしいでしょ」と少女のように夢見る瞳になって「内山貴子先生は東京の音楽大学を終わった、すごく歌が上手い先生でアヴェ・マリアを歌っている時は天使様みたいだったよ」と暮れゆく町の灯を見ながら浅い眠りについたので、私は、その童顔を見ながら静かに病室を出た。

「柿の木さん、今朝は具合どうですか」と尋ねると、朝は決まって不愉快そうに「いいわけないでしょ、どうせ間もなく死ぬんだから、治療は要らないよ。金が無駄だよ」ひとしきり悪態をつく。「治せないのに、金を取って、何様のつもりだい。今日は退院するから」とそっぽを向いてしまう。

たぶん、死の恐怖による心因反応のための鬱状態が朝の精神状態に反映しているためで、点滴が終わる頃には、落ち着いて、話したがり、寺の娘に戻るのが常だった。

「先生、ロバートもジャックもデービットも死んだよ。みんなF86のパイロットだったんだ。朝鮮の空に散ったんだ。みんな出撃前には、私を抱いた後でアヴェ・マリアを聞いて泣いたよ。戦争が怖いと言って泣いたよ。みんなに間もなく会えるんだろ、先生」

私はそれには返事をせず、自分の無力さにうちひしがれて靴の重さを感じながら病室を後にした。

そして、やませの暖かい冬の朝、彼女は両親の心と無垢な少女の心としたたかな大人の心を完成させることなく肉体は静かに神に召された。

二、二升瓶と女

人気のない街にアヴェ・マリアが静かに流れているように聞こえたのは井川の錯覚であったのか。曇天の朝空に小川湖に向かって飛ぶ数羽の白鳥の群れが、彼女の魂に付き添っているように見えた。

そして、彼女の病理解剖が行われ、脳下垂体に乳癌の転移が見られ、トルコ鞍部の骨は脆く破壊されていた。

彼女との付き合いの中で、医師としての無力さを教えられ、人間の内なる心の変化を把握できなかった未熟さを知らされたのは貴重な経験であった。

三、白いバラと黒いバラ

薔薇の花言葉は数多く、英仏六十種以上の意味があるといわれているが、英国では美、愛、恋を意味し、仏国では無邪気、爽やか、無垢で代表されるという。

赤いバラや白いバラは、それぞれ意味があり、黄色いバラは英国では嫉妬を仏国では恥や裏切りを象徴するともいわれるが、私の知ってる白いバラと黒いバラは敗戦後の日本に咲いた悲しくも、純真な、バラのごとく美しい人々の物語である。

この二人の主人公に会ったのは三沢病院であった。

大学病院の第一内科学教室より、津軽からみると西部劇に出てくるような街に見える三沢市に赴任して、まもなくであった。

風と共に去りぬの映画のヒロインのような純白のスリーブに、ヒラヒラとひだの付いたドレスに不似合いな膝たけの短いスカートをはいた貴婦人様の大谷ケヱ子に出会ったのは最初の診察日であった。

大谷さんと呼ばれて、診察室に入ってきた患者を見て井川は少し緊張した。髪はロングで目鼻だちははっきりして、顔は色白で、立ち振舞いは上品で外見的には津軽地方に見られない洋装の似合う貴婦人であった。

しかし、診察室で患者用の円形の椅子に座った時、強烈なシャネルと同時に尿の臭いが漂ってきた。

純白なドレスの膝の辺りから斜めに淡い黄色のラインが走り、一見ツートン・カラーのように見えたのは尿の跡であった。

患者は全く意に介さず診察用の丸い椅子に座ろうとした時、介助に付いていた外来婦長の河村が「ケヱ子さん、ケヱ子さん、まだ濡れてるから座っちゃ駄目。いつも教えてるでしょ」と言いながらゴム製のカッパを丸い椅子の上に掛けた。

婦長は慣れた態度で「今日は何で来たの、新しく来た先生だから、言ってごらん」と言うと椅子に座り直して姿勢を正してから「実は大変な頭痛持ちでございます。どの先生にお話ししても治してくださいません。今度大変な名医が来られるというので、お待ちいたしておりました」と丁寧な言葉で症状を訴えた。

会話の中に特に見当識の異常はないようであったが、排尿に関しては自覚がなく陰部神経が麻痺しているのか、膀胱直腸障害があるのか、精査の必要性を感じた。

ルーチンに瞳の対光反射から診察を治めたが、膝蓋腱反射が消失していて驚いた。

「夜間、膝が痛みませんか」と尋ねると「毎晩、膏薬を貼っても楽になりませんので、諦めています。私の母も膝が痛んで、冬には湯治場へ行っていましたから遺伝でしょう。エノケンみたいに足から腐るのでしょう」としたり顔で答えた。

入院精査では頭部X線写真で石灰化像も指圧痕もなく、トルコ鞍部に異常もなかった。脳血管造影でも動脈瘤はなく、血管の蛇行も著明ではなかったが、血清検査で総コレステロールが二六〇mg／dlと高く、梅毒の血清反応の定性反応はもちろん、定量反応であるＴＰＨＡ(treponema Pallidum hemagglutination）も陽性であった。

さらに、脳脊髄液は混濁しワッセルマン氏反応も強陽性であった。

この貴婦人に検査結果を説明するのに、どうしたものかと悩んだ末、職業を聞くことから始めた。

「大谷さん、職業は何だったんですか」と聞くと、即座に「ミジネットだったんですけど、身体をこわしてからは無職で市役所にお世話になってます」と端正な顔を引き締めるように形の良い唇をやや震わせながら「元気になったら、お返ししたいと思ってますの」と答えた。

「ご主人はいたんですか」との質問には「高等女学校を卒業してから、洋裁学校に行きまして、この基地のカノーのご家庭の専門の洋裁師になったのでございます。ですから結婚はしていません」

私は性病であることを説明する糸口を探そうと質問をつづけた。

「大谷さん、大変聞きにくいけど、性行為の経験は？」と聞くと、少し顔を赤らめ恥しそうに「処女でございます。親にきつく躾けられてますので貞操観念は堅いつもりです」と糸口が掴めない。

河村婦長が我々の会話をにやにやしながら聞いていて、私の耳もとに小声で「何か、口だけで処理してくれるらしいですよ」と囁いた。

何のことかわからず、一瞬戸惑っていると「アメリカでは、そういうのがあるそうですよ、売春より値段が高いそうですよ。ねえーケヱ子さん」と婦長が同意を求めた。

「大谷さん、実をいうと貴女は梅毒という性病に感染しているのだけど、知らなかったの」と聞くと「そんなことは知りません、先生、私は本当に処女でございます、調べてください」と哀願する姿は嘘とは見えず、ただ無知によって感染の事実を知る機会がなかったためだと考えられ不憫でさえあった。

感染してから、明らかに三年以上は経過しており治療の限界について説明したが、想像を絶するショックを受けたようであった。特に親からいただいた尊い身体を汚してしまったと嘆く姿は、まるで少女のごとく純真で慰める言葉もなく、家族のための犠牲となったにせよ荒野に咲く一輪の白いバラのようであった。

しかも、彼女のプライドのためか黒人は一切相手にしなかったという。

この土地の不思議な性風俗を知ったというより、日本人とアメリカ人の性習慣の差を感じて民族の違いを充分理解しながら診療しなければと肝に命じた。

そして、一週間ぐらい経った夜、救急車が来た。

大学からトランクに来ていた近田君が当直であったが、患者は意識不明で両側の下肢の弛緩性麻痺があることは、一見してわかったので近田はオーベンの井川の指示を仰ぐべく看護婦に連絡を頼んだ。

井川は外来のベッド上で浅黒く、一五〇センチ足らずの、小肥りの初老の女性が脳脊髄膜炎を起こしていることを見逃さなかった。そして、あの匂いが漂っていた。

「近田君、ナッケン シュターレ（項部硬直）があるね。膝蓋腱反射、アキレス腱反射は異常がないし、バビンスキイ現象も認めないが、ケルニッヒのサインを認めるから中枢性のものだがルンバールをやって脳脊髄液を採取しよう。家族から病歴は詳しく聞く必要があるけど脳圧を下げるためマニットールと抗生物質の点滴を至急やって様子をみよう。頭部単純写真は意識が出てからでいいでしょう」と指示した。

間もなく、近田が試験管を持って走ってきた。「先生、このリコールを見てください。まるで牛乳ですね」

私にとっても初めて見る白く混濁した牛乳様の脳脊髄液であった。

「細胞も蛋白も測定出来ないくらいですよ。脳脊髄膜炎の原因は何でしょうね」と困惑したように近田は唸った。「あまり炎症所見もなくて、発熱も微熱程度ですし、先生、結核性のものなら混合感染がなければリコールは混濁しませんよね」と私の意見を求めた。

井川はII期の梅毒の患者を診断した経験があり、その時は病変が胃壁に現れ、病変の多様性のため肉腫と間違えて危なく手術するところであったが、その時は脳脊髄液のワッセルマン氏反応は陰性であった。

「近田君、悪性のものも含めて検査を進めよう」と極めて稀な症例に二人とも戸惑いながら興味津々であった。

昏睡から醒めた田中アサイコは極めて饒舌で、大きな目と顔の真ん中に大きく居座った獅子鼻と分厚い唇でハスキーな声でよく笑い、よくしゃべった。危篤状態で入院したのが嘘のようであった。

一週間後、診断は梅毒性脳脊髄膜炎と確定した。合併症として胆嚢結石が五個と高脂血症が認められた。

症状の改善は著明でペニシリン製剤の効果はすばらしく、入院第十病日には症状はほとんど消失した。

患者とその周囲は脳卒中と思い、ほかの疾患は全く疑っていないので、井川先生は神様だと言い出す始末で、本当のことを患者に説明する必要があった。

「アサイコさん、あなたの病気は性病が原因と考えられますけど、どうして感染したか、思い当たることがありますか」と尋ねると「先生、私はパンスケですよ。誰に染されたか、わかる訳ないでしょ。でもねえ、三沢式避妊法をやってたから妊娠だけはしない自信があったけど」

「それに、保健所でサルバルサン六〇六号を使って治療したのに、金だけとって治ってなかったんだ。それなら、保健所は詐欺だよ」と獅子鼻を膨らませて不満を言った。

「それはいつなの」と聞くと「朝鮮戦争が終わる頃だよ、あの頃は一晩に十人ぐらい客をとったからね。一発終わるとコーラの瓶を振ってジャーとあぶくをたててマンジュに突っ込むのさ。これで絶対出来ないね。出来るのが一番怖いよ。商売あがったりだからね。コーラの瓶の形がいいんだよ。摑みやすいし、入れやすいからね」

コーラの瓶は避妊用のビデとして造られたと本当に信じているようであった。

田中アサイコは大変な親孝行で淋しがりやでもあった。

ある日の午後、外来で書類の整理をしていると白い杖をついた和服をきりりと着こなした老婆が私を訪ねてきた。

「田中アサイコの母でございます。この度は先生様に大変お世話になりありがとうございました。私が目が見えなくなり、あたって半身不随になったので娘が身体を売るようになりました。親の責任でございます。先生様、なんとか娘を助けてください」と大粒の涙を流しながら哀願した。どの程度の医学的知識を持っているのかわからなかったが、一般的な梅毒の経過と予後について説明した。

しかし、既に変性梅毒になっていることは、いくら説明しても納得しなかった。保健所でサルバルサン六〇六号で治癒したと言われたことを盾にして、完全に治して欲しいと必死に言い、娘がこのままではご先祖様に申し訳なくて、死んでも死に切れないと泣いた。

そして「娘が色が黒くなったのは、黒人を相手にしたからですか？　世間の人は娘を馬鹿にしてそう言いますが、子供の時は色の白い小町娘と言われたんですよ。私のために、こんな身体になって不憫で不憫で」と言っては大声をあげて泣いた。

この話を聞いていたアサイコは、廊下から走り込んできて「お母様」と叫んで、ひしと抱き合って大声をあげて泣く姿は、少し滑稽ではあったが他人の干渉は許さない迫力があった。

アサイコは今までとは違う顔貌になって毒づいた。

「名医だと思っていたら、ヤブじゃないか。お前も黒を馬鹿にしてんだろ。黒から染された病気だから治らないというのか！　白豚共より綺麗好きなんだ、ボリスだってバンダイクだって、スチュワートだって、みんな朝鮮で死んだけど、朝夕シャワーを浴びたし、白いシャツしか着なかったし、どこに病気があったんだというのさ、このヤブ奴」

井川は答えに窮したというより、病気の経過と治療、予後についての説明が不充分であることはわかったが理解させることは不可能だと感じていた。

そして、この患者を診察するようになってから、今まで嗅いだことのない独特の人を酔わせる匂いに頭痛と集中力を奪われながら「お母さんも、アサイコさんも、今後のこの病気の経過は多様で、特にゴム腫が何処に出来るかは予想は出来ないんだし、手術して治るものでないので対症的に治療するしかないのを理解して欲しい」というのがせいぜいだった。

井川には、この匂いが患者が救急車で運ばれてきた夜以来、何処から漂って来るのかは定かではなかったが、黒人独特の香水で動物性の脂がふんだんに使われていることは後に知り、患者が白人のハニーさんなのか、黒人のハニーさんなのかを知る手立てになった。

暫し、泣いた後に二人で丁寧に礼を述べ、アサイコは盲目の母を後から支えて外来の診察室を出て行ったが、その後ろ姿は温かい親子の情愛に満ち満ちていた。

三、白いバラと黒いバラ

そして、冷たい〝やませ〟が吹き今年も凶作が予想される初夏に、白いバラも黒いバラも五十年に満たない人生を終えたが、大谷ケヱ子はその幻覚のためか夜の世界では占い師として白人相手のオンリーの間で惜しまれ、田中アサイコは老母に手を握られながら穏やかに散った。

四、無知

赴任して三ヶ月経った。あっという間であった。こんなに多忙になるとは想像だにしなかったが、とにかく寝不足がつづき、考えてみれば一日三十時間ぐらいなければ処理出来ない程仕事を抱えていたので、五月病にもならず月日が経っていた。

五月病というのは、日本では新年度は四月からで、子供たちは入学にしろ、進級にしろ転編入にしろ桜前線に相前後して行われ、大人も職場の配置転換を含め四月に昇進や就職、退職によって新しい環境や境遇に置かれることになり、それになじめない人は自律神経のバランスを崩して不定愁訴が現れる。

不定愁訴とは不定なものではなくて、不眠、頭痛、食欲不振、全身倦怠感で代表されるが、多かれ少なかれこれらの症状が基本的に現れる。

しかし、戦場などでは現れないところを見れば、生命の危険などがある緊張状態では自律神経もバランスが乱れないのかもしれない。


多忙であればあるほどストレス解消のため、理由をつけては酒を飲む人もいるが、疲労がたまると酒の味が変わり苦く感じて酔い易くなり、ぐっすり眠れるかと思いきや逆に目が覚めてアルコールの興奮作用のみが優先して夜ふかしをしてしまい、次の朝の目覚めは極めて悪く頭は霧の中にいるがごとくぼんやりとして、朝の光が眩しくて昨夜の言動に自己嫌悪になり人間失格の烙印を自ら押すのである。

しかし、それはこの町全体が密輸に慣れ犯罪の葛藤もなく米空軍基地から流れてくる洋酒の数々が、特に国内では最高級と評判のジョニーウォーカーの黒が千円ぐらいで手に入り、しかも国内で流通している一万円のボトルより一回りでかく、ラベルにマジックで書かれたナンバーはマニキュアを消す除光液で跡形もなく綺麗に消えてしまうのでウイスキーに不自由することがなかったためかもしれない。

しかし、このマンネリから脱出しなければと常々考えていたので誘われるままにゴルフをやることにした。ここの米空軍基地の中にはゴッサー・メモリアル・ゴルフコースがあり立派に十八ホールあった。

コースはメイン・ゲイトから車で二十分ぐらいの小川原湖畔にそっていたので常にウインデイで夏は極めて心地よい風が吹き、春、秋は肌を刺すような冷たい季節風が実際の気温よりも体感温度を低くしたが、この麻薬に似たスポーツを止める人はほとんどなかった。

それはゴルフの面白さよりも日本人にとってはホール・アウト後に飲める五〇〇円のスコッチ・ウヲラーと五〇〇円のビーフ・ステーキのせいだったのかもしれない。

街のバーやレストランでは、この値段ではとても飲んだり、食べたり出来るはずのないことは百も承知で、基地の中で胃袋に入れてしまえば密輸にならないと教えられたので腹一杯飲み食べる快感は何か言葉に表されない無上の喜びであったが、一方では米軍人と日本人の給料格差に憤慨していたためかもしれない。

私の本俸が八万九〇〇〇円であったが、アメリカ軍のサージャン、旧日本軍では軍曹にあたる階級だが、約七〇〇ドル支給されるとのことであった。公定の交換レートは一ドル三六〇円であったが、ヤミというより市内では一ドルは四〇〇円が常識だったので、サージャンクラスは二十八万の月収だったようである。彼らはメイドを雇い、ベビー・シッターを使い、週末には県内の名所旧跡の観光のみならず、県外の大きなイベントへ出かけ、列車をチャーターして札幌の雪祭りに出かけたり、占領軍とか進駐軍というものは敗戦国に対して極めて優位に立ち、ほとんどの日本人が食うや食わずの生活をしているのを嘲笑っているようであった。

しかも、日本人同士が助け合うのではなく、基地従業員は自分たちもアメリカ人になったかのごとく特権を行使して食料品を米人なみに食らい、県内では極めて稀な胆石や脳梗塞になり命を縮めていたし、ましてや戦後米軍が進駐してきてから砂糖に群がる蟻のごとく集まってきた市民はモラルのあるなしよりはシャイロックのごとく金至上主義者ばかりで売れるものなら何でも売って金にするような輩ばかりであった。

したがって、商店街が軒を連ねる中央町は表側はケバケバしく飾られているが、裏はバラックという有り様でこの町を象徴していた。しかし、基地の日本人従業員は全国から集まり技術も優秀で戦後の就職難も能力さえあれば問題なく裕福で、特に英語が出来れば公務員の市職員の倍近い収入があった。

ただ、医療関係は米軍病院があり、スタッフはバートル院長以下十二名で内科科長のスコットを除けばGPといってゼネラル・プラクテスの略で日本流にいえばインターンに毛が生えたようなようなもので、除隊後それぞれの専門分野を専攻するということであった。

ちなみにドクター・スコットの月収は二〇〇〇ドルで、患者の診断、治療について時々相談を受けたが、私の約十倍の所得を得ている彼に腹が立つというより、ただ羨望を抱き彼の食事の招待には喜び勇んで出かけたが、彼は宗教上の関係でアルコールは一切飲まないため失望して帰るのが常だった。

そんな街の雰囲気のためか、少しでも金のある患者は八戸、青森、盛岡、仙台へ診察に行き、市内の医療機関にかからなかった。まして手術が必要だといわれると、すぐ他市へ行ったのは、患者がこの街の医師の腕を全く信用せず、生き延びる術を充分承知していたともいうことが出来るかもしれない。

医師にとって無知ということは言い訳にならない、何故なら書物によって知ることが出来るし、検査の装置がある所へ紹介すればいいからである。だから勉強もしない、装置の存在も知らないということになれば、医師免許を与えた日本政府が悪いのであって、後に悪徳医師が社会問題化する遠因を国が作ったことは保健所の存在を含めて否めない。

特に、保健所は感染と予防の橋頭堡となるべきなのに大学や専門の研究機関で充分な経験と知識を得ず勤務している者が大多数で、婦人科の医師が定年後、肺結核や肺癌の診断を容易に出来るとは考えられない。

そして、医者の無知による極めて悲惨な誤診で患者が死んだ。このことを、その医師はどのように判断して生きつづけているのか、理解に苦しむ。まさに仮面を被った犬畜生以下である。

やませの吹く寒い夏の朝、事務局長の高村が珍しく急ぎ足で外来に入ってきた。

「市会議員の馬渡先生の親戚が昨日から血を吐いてるので診てくれませんか」とお神楽の獅子頭のような金ピカの総入れ歯を自慢げに突き出しながら言った。

今日も外来の混雑は予想されたが、重症患者は当然優先して診ていたので、診察時間前であったけれど診察室に入れた。

一見して極めて重症であることはわかった。呼吸困難が極めて強く、顔貌は苦悶様で蒼白でヒポクラテス顔貌様であった。

心音は微弱で、血圧は最高血圧が九〇で最低は聴取困難であった。聴診では胸部に湿性ラ音が著明で、触診では下腹部に婦人科の手術に特徴的な臍部の下方から恥丘に向かって上下に走る手術痕が認められたが腫瘍を思わせる所見はなかった。

意識は比較的明瞭だったので、今までの経過について問診した。

「咳と痰は三ヶ月前から出て、時々血が混じってました。黒原の先生は結核だと言って結核の薬をくれたけど悪くなるいっぽうで飯も食えなくなってしまった。でも子供がいるから死にたくない」といって涙をポロポロ流した。

「この手術の痕は？」と聞くと「二年前にぶどう子で手術しました」と答え

た。

　井川は婦長の河村にブルスト、マッショウケツ、ニンシン反応を至急と指示した。

　三十分後、すべての検査結果が出た。

　胸部写真は予想通り、肺の中にアメ玉をばらまいたように多少大小のある複数の円形の陰影が認められ結核病巣とは似ても似つかないものであった。

　井川は胸部写真を見ると「あっ」と叫んで、しばし言葉を失った。紛れもなく悪性絨毛上皮腫に特徴的な陰影である。どうして、これを結核と診断して、しかも保健所の結核審査会で治療を認めたのか、この地方の医師は無知、無能の奴しかいないのか。

　段々、患者さんが可哀想で腹がたってきた。しかも手術して子宮のない患者さんに妊娠反応陽性が出るということは、どんな疾患を考えなければいけないかくらいの知識もないとは許し難く思った。

その婦人は円道竜子といったが「円道さん、これは少し難しい病気で、二年前の胞状奇胎の手術と関係があるので、残念ながら治すには遅すぎた」と話した。

診察室のカーテンの陰で聞いていたのか、市議会議員の馬渡が血相を変えて「金なら幾らかかってもいいんだ、結核なら今は良い薬があるべ、アメリカの薬も手に入るから」とおおへいに命令口調で言った。

素人のおおへいさも腹立たしいが、医者の無知はもっと許せなかった。看護婦に言いつけて黒原なる開業医に電話した。彼の所の診療科目は内科、外科、産婦人科ということであったが、医学が進歩して細分化し大学では内科だけで七つの部門に分かれているというのに百貨店でもあるまいに、まったく違う部門の診療科目を標榜するとはと、ますます腹がたった。

「もしもし、私は三沢病院の井川と言いますが、初めまして。実は先生が肺結核で治療していた円道竜子さん、三十五歳、女性ですが、今日喀血があって来院したのですが、結核と診断した根拠を知りたくて電話しました」

電話口に出た医者はしばし無言であった。

「もしもし、黒原先生ですか」と再三の呼びかけに「はい」とだけ答えた。

こちらの問いかけに戸惑っている様子が窺えたので、最低限病気の経過だけを知るために、「ブラーゼン・モーレ（胞状奇胎）の掻爬後、いつごろから妊娠反応が陽性になり、咳や痰が出るようになったのですか」と聞くと「よくわかんないなあ、その人は結核だべや、保健所でも、そういってるべ」とそれだけ言うと電話を切ってしまった。

井川は愕然として医学常識の通じない科学の不毛地帯に来てしまったと思ったが、この患者の治療をどうしようと思いながら馬渡議員に病状を説明すると「県病へ救急車で運んでくれ、県病だば何とかなるべ」と言う。

県病でも大学病院でも救命出来ない状態であることと病名について、いくら説明しても婦人科の病気と胸の病気の関係を理解出来ず、「とにかく県病へ運べ、救急車は市会議員の俺の責任で用意するから」と言い、医学的説明を理解する知力は全く持ち合わせていないようだった。

死期の追っていた患者は、息絶え絶えの中、紹介状の礼を言って車上の人になったが、一時間半後、県病の福士部長から電話が入った。

「先生、患者は遺体で到着しました、胸部写真も見ましたが、こちらに搬送すべき患者でないし、結核として治療していた医者は殺人者ですね、大変な所みたいですが頑張ってください」と激励されたが、「子供のためにも生きたい」と泣いた婦人の無念さを思うと、なんの反省の言葉も吐かなかった無知な医者を許せなかった。

気を鎮めようと屋上に出てタバコに火をつけた時、初夏だというのに冷たい〝やませ〟が白衣の中を吹き抜けていった。

五、惜年会と五万節

年末には世の中は忘年会の話題で持ちきりになるが、医者の社会も同じで各科によって呼び方が違って、外科はメス納め等と洒落てみても単なるドンチャン騒ぎである。

この時期、一番もてるのはインターンで、各科の教授や医局長、助教授、講師から忘年会に誘われる。

そして、その席で入局すれば、どんなに素晴らしい人生が待っているかを教えられる。

地位、名誉、生活の豊かさはもちろん、研究生活の面白さを酒の酔いに任せてバラ色の人生が待っていることを各医局で我田引水で語って聞かせる。

ほとんどの医局が大鰐温泉か浅虫温泉の旅館で忘年会をやったので、温泉の心地よい香りと、芸者の華やかな色気と酒にすっかり正気を失い、その道の権威者として知られる教授に「君の頭脳に期待しているよ」等と言われると、ほとんどの者は「宜しくお願いいたします」と言ってしまうのがおちである。

しかし、私は祖母が胃癌で死亡し、その時、初めて母の泣くのを見て、こんな悲しいことが世の中にあるのかと心に刻みこまれたので、医者になったら胃癌の発見、治療に関わりたいと漠然と思ったのはキンダー・ガルテンを読み始めた幼稚園の頃だった。

その念願が叶い消化器内科を標榜していた第一内科学教室に入局した。

松田教授は忘年会が嫌いだった。医局長が忘年会の予定表を持って教授室に行くと、どんなに機嫌の良い時でも〔忘年会〕という言葉を聞いただけで顔に不快感を表し、独特の顔の表面から凹凸が消え能面のような妖気さえ感じさせた。

したがって、一度入局すると忘年会等と不謹慎な呼びかたをするものはなく、惜年会と呼ぶのが第一内科では常識であった。

それには、松田教授の深い学問的探究心の表れで、毎年毎年年末になると今年やり残した研究を来年こそは完成しようと行く年を惜しむのである。

例年の惜年会は、したがって教授の今年の研究業績を理路整然と説明し、世界的医学的トピックスを教授の体験談をまじえて話し、最後に教授のライフ・ワークである潰瘍性大腸炎の病理学的発生論の難しさに研究意欲を燃やしてから乾杯するのが常であった。

そして、年度内に教室より赴任した諸先生が教授と同列の上座に座り教授より学んだ諸々のこと、特に研究生活の苦心や苦労、成功時の喜びや教授の叱声や励まし等について語り、診療、研究を離れた医局旅行や花見の思い出等を語り、同僚、先輩、後輩の協力に感謝するのが常であったが、この年は内容が少し違った。

教授の嫌いなものには忘年会という言葉の外に演歌を含む流行歌があった。音楽はクラシックであり、歌は歌曲であると信じている教授の前では、流行歌のみか民謡さえも歌う者はいなかった。

しかし、大学入学が同期で病気のため二年遅れて入局した上高森古墳の近くの築館町出身の清田は綽名になっているゲンジンの顔を酒のために紅潮させて立ち上がると「松田教授、私の同期にして先輩の井川、渋井両先生のこの度の津軽から南部への赴任を祝って惜別の歌を歌いたいのですが、よろしいでしょうか？」と許可を申し出た。

「清田者、君は医学部の合唱団にいたとのことだけど、どんな作曲家の曲が得意かね」と教授は興味津々という顔つきになって尋ねた。

即座に清田は「ヴェートフォーヘンです」と答えて、「それでは始めます」

と言うや否やハアー、ソレソレという掛け声と身振り、手振りを入れると植木等の五万節のメロディで歌いだした。

学校出てから十五年、今じゃ南部の名眼科、朝から晩まで目をいじり、
　染したトラホーム五万人、アー、ソレソレ
学校出てから十五年、今じゃ南部の名耳鼻科、朝から晩まで耳いじり、
　破った鼓膜が五万枚、
学校出てから十五年、今じゃ南部の名婦人科、朝から晩までクスコを使い、
　破った処女膜五万枚、
学校出てから十五年、今じゃ南部の名整形、朝から晩まで関節いじり、
　外した関節五万個所、
学校出てから十五年、今じゃ南部の名小児科、朝から晩まで診療し、
　染したオタフク五万人に、

学校出てから十五年、今じゃ南部の名外科医、朝から晩まで腹さすり、
　摘ったアッペが五万本、
学校出てから十五年、今じゃ南部の名内科、ずばり当たった診断で、
　　助けた患者が五万人

と歌い終わると教授をはじめ、すべての出席者は腹を抱えて笑い、拍手喝采を浴びた。

初めは苦むしを噛み締めるような顔をしていた教授も、清田の頓智のきいた替え歌に思わず笑い声をあげていた。

その夜の惜年会は盛り上がり、笑い声に包まれて楽しい一夜であったが、清田はもともと下戸であったこともあり、会が終わる頃には正体不明に酔っ払い、歩くことも出来なかった。

彼なりの心のこもった我々に対する惜別に温かいものを感じながら、私と

渋井は両脇から彼を抱えて宴会場を後にした。

外は大きなぼたん雪が降りはじめ、津軽の冬の初めを象徴しているようであった。

その時はやませの厳しい木崎野で残りの人生を送るとは想像だにしていなかった。

著者プロフィール

井川　仁（いがわ じん）

1937年9月3日生まれ。
帯広第一中学校卒業。
北海道立帯広三条高校卒業。
弘前大学医学部大学院博士課程を修了し学位記を取得。
文部省教官として弘前大学医学部第一内科学教室つきを拝命される。
昭和44年三沢市よりの割愛願いにて三沢市立病院副院長として着任。
昭和48年現在地に市川内科クリニック開業。
現青森県総合健診センター理事。
月水会会員。

やませ地帯

2002年4月15日　初版第1刷発行

著　者　井川《いがわ》　仁《じん》
発行者　瓜谷 綱延
発行所　株式会社 文芸社
〒160-0022　東京都新宿区新宿1-10-1
電話　03-5369-3060（編集）
03-5369-2299（販売）
振替　00190-8-728265

印刷所　株式会社 平河工業社

ISBN4-8355-3591-X C0093